Retold in both Spanish and English, the universally loved story *The Hare and the Tortoise* will delight early readers and older learners alike. The striking illustrations give a new look to this classic tale, and the bilingual text makes it perfect for both home and classroom libraries.

Vuelto a contar en español e inglés, el universalmente querido cuento de *La liebre y la tortuga* deleitará por igual a lectores jóvenes y estudiantes adultos. Las llamativas ilustraciones dan una nueva vida a este clásico cuento, y el texto bilingüe lo hace perfecto tanto para el hogar como para una biblioteca escolar.

Maria Eulàlia Valeri is a writer, teacher, and librarian who specializes in children's books. She has contributed to six collective publications created for primary education.

Max is a well-known illustrator of children's books, posters, and record covers. In 1997 he received the National Award for Children's Illustration from the Spanish Ministry of Culture.

Maria Eulàlia Valeri es escritora, maestra y bibliotecaria. Se ha especializado en libros para niños y ha colaborado en seis obras colectivas destinadas a la educación básica.

Max es un conocido ilustrador de libros infantiles, posters y cubiertas de discos. En 1997 recibió el Premio Nacional de Ilustración Infantil otorgado por el Ministerio de Cultura de España.

First published in the United States in 2006 by Chronicle Books LLC.

Bilingual version supervised by SUR Editorial Group, Inc.
English translation by Elizabeth Bell.
Book design by Brenden Mendoza.
Typeset in Weiss and AT Handle Oldstyle.
Manufactured by Great Wall Printing, Hong Kong, China in January 2011.

Library of Congress Cataloging-in-Publication Data
Valeri, M. Eulàlia.
[Liebre y la tortuga. English & Spanish]
The hare and the tortoise = La liebre y la tortuga / adaptation by Maria Eulàlia Valeri ; illustrated by Max.
p. cm.
Summary: Recounts the traditional tale of the race between the persevering tortoise and the boastful hare.
ISBN-13: 978-0-8118-5057-5 (hardcover)
ISBN-13: 978-0-8118-5058-2 (pbk.)
[1. Fables. 2. Folklore. 3. Spanish language materials—Bilingual.] I. Title: Liebre y la tortuga. II. Max, 1956- ill. III. Title.
PZ74.2.V35 2006
398.2—dc22

10 9 8 7 6 5 4 3 2

This product conforms to CPSIA 2008.

Chronicle Books LLC
680 Second Street, San Francisco, California 94107

www.chroniclekids.com

The Hare and the Tortoise

La liebre y la tortuga

ADAPTATION BY MARIA EULÀLIA VALERI

ILLUSTRATED BY MAX

chronicle books · san francisco

One fine day, a tortoise and a hare happened to meet on the road.

The tortoise was going along one small step at a time, moving first one foot, then the other, traveling at a tortoise pace.

Un buen día, una tortuga y una liebre se encontraron en el camino.

La tortuga iba pasito a paso, movía una pata, después la otra, avanzando a paso de tortuga.

The hare, on the other hand, was hopping and dashing along like a madman.

"Good day, my poky little friend. Where are you going with that great load?" laughed the hare.

"I'm going to town to see some friends."

"I'm going to town, too."

"Why don't we go together?" the tortoise suggested.

"Are you crazy? At the rate you're going, you'll never get there! As for me, I'll be there in one bound."

La liebre, por el contrario, iba saltando y corriendo como una loca.

—¡Hola, buenos días, calmosa! ¿Adónde vas tan cargada? —dijo la liebre riéndose.

—Voy a la ciudad, a ver a unos amigos.

—Yo también voy a la ciudad.

—¿Por qué no me acompañas? —propuso la tortuga.

—¡Ni hablar! ¡Tú, al paso que vas, no llegarás nunca! Yo, en cambio, llegaré de una zancada.

"Very well," replied the tortoise. "No need to be so boastful. I can't run or hop, because my legs are so short and I'm carrying my house on my back. But even so, we'll see who gets there first."

"You must be joking," said the hare. "Do you think you can beat me there?"

"Maybe so, maybe not. Shall we give it a try?"

"And if you lose? What will you bet me?"

"I'll wager a huge cabbage that's growing right outside town."

"All right, let's go then!"

Bueno, bueno —respondió la tortuga—. No hace falta que presumas tanto. Yo no corro ni salto porque mis patas son cortas y llevo la casa a cuestas. Pero aun así, ya veremos quién llega primero.

—Debes estar bromeando —repuso la liebre—. ¿Te crees que me ganarás?

—Quizá sí, quizá no. ¿Lo probamos?

—¡A que no me ganas! ¿Qué te juegas?

—Me juego . . . una col muy grande que hay a la entrada de la ciudad.

—¡Muy bien, pues vamos allá!

And the hare streaked down the road, while the tortoise, step by step, did the best he could.

Y la liebre salió a la carrera por el camino, mientras la tortuga, pasito a paso, hacía lo que podía.

The hare had been running for quite a while when he suddenly stopped short.

"Goodness, but I'm hungry," he said. "I haven't eaten since breakfast! And here's a field of lettuce; I think I'll eat some."

So he set to nibbling and polished off as much as he could. Suddenly he realized the tortoise was catching up. With one leap he was back on the road and took off like a shot.

Hacía un buen rato que la liebre corría cuando de pronto paró en seco.

—Pues vaya —pensó—, ¡qué hambre tengo! ¡Claro, si no he comido nada desde el desayuno! Allí veo un plantel de lechugas. Iré a comerme unas cuantas.

Y allí se metió y se despachó a su gusto. De pronto se dio cuenta de que la tortuga le daba alcance. De un brinco volvió al camino y salió otra vez disparada.

It was noontime and the sun was beating down.

The hare, after running awhile, stopped at a spring, tired and hot. He drank some water and lay down at the foot of a large oak tree to take a rest.

He felt so comfortable that he soon fell asleep.

Era mediodía y el sol pegaba fuerte.

La liebre, después de correr un rato, cansada y sudando la gota gorda, se detuvo en una fuente. Bebió agua y luego se sentó al pie de un gran roble a reposar.

Estaba tan a gusto que se quedó dormida.

In the meantime the tortoise kept on walking at a steady pace.

He saw the lettuce in the field, but he kept going.

He came to the spring where the hare was sleeping just as the hare was waking up.

"What a fine sleep I've had!" said the hare, stretching his limbs. "But what's this? The tortoise is already here!"

And with another bound, off he ran once more.

Mientras tanto, la tortuga seguía andando sin parar.

Vio el plantel de lechugas, pero siguió adelante.

Tanto caminó que llegó a la fuente en que descansaba la liebre, en el momento que ésta se despertaba.

—¡Qué bien he dormido! —dijo mientras se estiraba—. Pero, ¿qué veo? ¡La tortuga ya está aquí!

Y de un salto se puso a correr otra vez.

When night fell, the hare said to himself, "No need to keep running now. The tortoise has surely stopped to sleep awhile, and since the rest of the way is uphill, he surely won't get far tomorrow."

The hare had some relatives nearby, so he stopped to have dinner and spend the night with them.

Al caer la noche la liebre se dijo:

—Ahora ya no hace falta correr. Seguro que la tortuga se ha quedado a dormir en alguna parte, y como ahora el camino ya es todo cuesta arriba, mañana andará muy poco.

Y aprovechando que tenía unos parientes por allí se quedó a cenar y a dormir con ellos.

The next morning he was on the road early.

From time to time he looked back to see if he could spot the tortoise, but he couldn't see him anywhere. The hare laughed, "Poor tortoise! To think he believed he could outrun me!"

Por la mañana temprano siguió su camino.

De vez en cuando volvía la cabeza por si veía a la tortuga. Como no la veía por ningún lado, decía riendo:

—¡Pobrecita tortuga! ¡Mira que quererme ganar a mí!

By evening, the hare arrived just outside town.

"Hey!" he thought to himself, "Where's that big cabbage?"

As he looked and looked, wondering where it might be found, he heard a voice say, "My dear hare, have you lost something?"

Al atardecer la liebre llegó a las puertas de la ciudad.

—¡Caramba! —se dijo—. ¿Dónde estará aquella col tan grande?

Y empezó a mirar y a mirar, y ya no sabía por dónde buscar cuando oyó una voz que decía:

—Querida liebre, ¿has perdido algo?

There was the tortoise, calmly munching up the cabbage leaf by leaf.

While the hare had been dining and sleeping at his relatives' house, the tortoise had kept on walking, step by step.

And that was how the tortoise got to town first.

Era la tortuga, que muy tranquila se estaba comiendo la col, hoja por hoja.

Mientras la liebre cenaba y dormía en casa de sus parientes, la tortuga había seguido andando, pasito a paso sin parar.

Y así fue como la tortuga llegó la primera a la ciudad.

Also in this series:

Aladdin and the Magic Lamp ✦ Cinderella ✦ Goldilocks and the Three Bears
Hansel and Gretel ✦ Jack and the Beanstalk ✦ The Little Mermaid ✦ Little Red Riding Hood
The Musicians of Bremen ✦ The Princess and the Pea ✦ Puss in Boots ✦ Rapunzel
Sleeping Beauty ✦ The Three Little Pigs ✦ Thumbelina ✦ The Ugly Duckling

También en esta serie:

Aladino y la lámpara maravillosa ✦ Cenicienta ✦ Ricitos de Oro y los tres osos
Hansel y Gretel ✦ Juan y los frijoles mágicos ✦ La sirenita ✦ Caperucita Roja
Los músicos de Bremen ✦ La princesa y el guisante ✦ El gato con botas ✦ Rapunzel
La bella durmiente ✦ Los tres cerditos ✦ Pulgarcita ✦ El patito feo